Am Salzmarkt
Eine Schauergeschichte

Bibliografische Information der Deutschen Nationalbibliothek:
Die Deutsche Nationalbibliothek verzeichnet diese Publikation
in der Deutschen Nationalbibliographie; detaillierte bibliografische
Daten sind im Internet über http://dnb.dnb.de abrufbar.

© Katrin Scheiding, 2017
Umschlagabbildungen & Fotos: privat
Herstellung und Verlag:
BoD – Books on Demand, Norderstedt

ISBN: 978-3-743192300

Für meine Clara und meinen Clemens.
Eine Schauergeschichte, extra für Euch ausgedacht.

Katrin Scheiding

Am Salzmarkt

Eine Schauergeschichte

Das Haus war groß, alt und schön. Es blickte über den Salzmarkt, den Marktplatz des Städtchens. Ein Treppenhaus führte von der imposanten Eingangshalle bis unter das Dach, größere Räume und kleinere Stuben schmiegten sich an, unter die Dachsparren kuschelten sich Kammern und auch geräumigere Speicher. Viel Platz, ein kleiner Park hinter dem Haus, in dem man im Sommer wunderbar spazieren gehen konnte. Auch im Winter der richtige Ort für Schneespaziergänge, nach denen man sich am warmen Kaminfeuer im Salon mit einer Tasse heißer Schokolade oder Tee aufwärmen konnte.

So ein Wintertag war es, damals, im Jahr 1879 kurz vor Weihnachten, irgendwo in Brandenburg. Henriette lebte hier mit ihren Eltern. Sie war mit ihren fast 30 Jahren schon das, was man eine alte Jungfer nennen konnte. Aber sie mochte einfach nicht heiraten. Keiner der jungen und auch schon nicht mehr ganz so jungen Männer des Städtchens gefiel ihr. Eigentlich, so musste sie sich eingestehen, konnte es ihr auch niemand recht machen. Sie hatte ihren eigenen Kopf und ihre eigenen Vorstellungen. Und so lange sie keinen Gefährten finden konnte, der dazu passte, blieb sie lieber unverheiratet dem Spott der Nachbarschaft ausgesetzt und führte ihren alt werdenden Eltern den Haushalt. Sollten sich die Nachbarn das Maul zerreißen. Sie war nicht hässlich und nicht arm, hatte das schöne Anwesen mit Grundbesitz als Erbe zu erwarten und eine ansehnliche Aussteuertruhe. Was den Männern sicherlich nicht ungelegen kam, aber sie hatte ihre Eigenwilligkeiten, und das wiederum passte den meisten Herren ihrer Umgebung überhaupt nicht. Aber warum sollte sie sich den Vorstellungen fremder Leute beugen? Womöglich ein Korsett anziehen, wie die Damen der Gesellschaft? Das war vielleicht beim Flanieren und beim gesitteten Dasitzen angemessen, aber bei ihrer Leidenschaft für alte Schriften eher hinderlich. Stundenlang konnte sie im Archiv der Stadt und des alten Pfarrhauses hocken und staubige alte Bücher anschauen. Was da alles an Geheimnissen zu erfahren war! Dort war es sowieso egal, ob ihr Kleid in Ordnung war, die Frisur saß und die Schuhe glänzten. Nach ihren Stunden in den alten Gewölbekammern war sie ohnehin staubig, hatte Spinnweben im Haar und Schmutz auf dem Kleid. Sollten die Nachbarn doch den Kopf über sie schütteln, wenn sie in den Dienstmädchenkleidern über den Kirchhof hastete – die guten Kleider konnten sicher in der Truhe warten, bis irgendwann ein gesellschaftlicher Anlass Henriette ins Korsett zwang.

Wieder einmal hatte sie im Archiv die Zeit vergessen – der Abend war schon fortgeschritten, als sie müde, staubig und hungrig über den Salzmarkt eilte. Nur schnell nach Hause, ein Bad nehmen und eine Tasse Tee trinken. Sie schloss das Eingangsportal ihres Hauses auf und erklomm die Treppen hinauf in die zweitoberste Etage, wo sich ihre Wohnstube und ihr Bad befanden. So spät konnte sie nicht das Dienstmädchen rufen, damit sie ihr ein heißes Bad bereitete. Also holte Henriette selbst Feuerholz und brachte den Badeofen in Gang. Unmöglich konnte sie sich so staubig in ihr weißes Bettleinen legen. Während das Wasser aufheizte, ging sie in ihre Stube, wo der Ofen noch immer eine behagliche Wärme ausstrahlte. Auch heißes Wasser für einen Kräutertee war noch im Kessel.

Plötzlich horchte sie auf. Was war das? Knacken im Gebälk? Leise Schritte? Über ihr wohnte aber niemand, Henriette hatte die Wohn- und Schlafstube direkt unterhalb des Dachgeschosses. Nur ein paar Kammern und Speicherräume verbarg das alte Haus noch unter den Dachsparren. Da, wieder. Trappeln. Ob Mäuse unterwegs waren? Dann war es dringend Zeit, den Hauskater unter das Dach zu scheuchen. Sie öffnete ihre Zimmertür und rief nach dem Kater. „Miez miez, komm her, Zacharias! Hier, feinfein", lockte sie. Mit leisen Schritten trat die getigerte Samtpfote ein und rieb schnurrend das Köpfchen an Henriettes Beinen. „Komm mal mit, mein Freund, heute Nacht geht es auf die Jagd." Mit dem Kater auf dem Arm erklomm sie die Treppe zum Dachboden, die Petroleumlampe in einer Hand.

An der Dachbodentür fauchte der Kater auf. „Zacharias, sei nicht albern. Die Mäuse tun dir nichts, eher umgekehrt. Hoffe ich. Hier", sie öffnete die Tür zur Kammer, die oberhalb ihrer Stube lag, „müssen sie sein." Sie entließ den Kater aus ihrer Umarmung in der Hoffnung, dass er den Mäusen den Garaus machen würde. Außerdem sollte das Badewasser nun wohl heiß sein. Henriette streckte ihre müden Gliedmaßen und freute sich auf warmes Wasser und weichen Seifenschaum.

Auch am nächsten Tag eilte Henriette über den schneebedeckten Salzmarkt Richtung Archiv. Ihre Pflichten in der Haushaltführung waren erfüllt, Henriettes Gedanken waren schon wieder bei ihren alten Schriftstücken. Sie hatte im Archivkeller eine weitere Gewölbekammer entdeckt, in der uralte Schriftstücke dem Vergessen preisgegeben waren und sich zum Ziel gemacht, die Papiere zu sichten, zu säubern, zu sortieren und zu katalogisieren. Ordentlich in Truhen aufbewahrt sollten diese Schätze sicherlich noch ein paar Jahrhunderte überdauern. Voller Tatendrang betrat sie das Archiv und stieg die Stufen in den Gewölbekeller hinunter.

„Was tun Sie hier?" Der Schreck fuhr ihr durch die Knochen, als sie die gebückte Gestalt im Gewölbekeller sah. Ein Mann, der Kleidung nach zu urteilen. Er fuhr herum, stieß sich den Kopf an einem niedrigen Türsturz, wischte sich mit der Hand über das Gesicht und verlor dabei seine Nickelbrille, die in einem Aschehäufchen auf dem Boden landete.

„Verzeihung ..." Der Mann war sichtlich überrumpelt.

Henriette musste lachen – es schien keine Gefahr von dieser kauzigen Erscheinung auszugehen. In abgerissener, staubiger Kleidung hatte er sich über eine Truhe gebeugt, Staubfäden in den Haaren und Schmutz im Gesicht. Und nun sicherlich auch noch mit einer dicken Beule auf dem Kopf. Sie fischte die schmutzige Brille aus der Asche, rieb sie notdürftig sauber und reichte sie dem Mann. „Um unseren misslungenen Start in die Bekanntschaft auszubügeln – mein Name ist Henriette von der Marwitz und ich versuche mich hier als Archivarin. Sofern der desolate Zustand der Schriftstücke das zulässt."

„Angenehm", der Mann setzte die Brille wieder auf, „Justus Grünberg, Archäologe. Ihr Kollege sozusagen."

„Reizend. Und was tun Sie hier? Sie bringen noch alles in Unordnung. Ja, auch wenn es nicht so scheint, ich habe bereits sehr viel Mühe in dieses Archiv gesteckt, um einen Überblick über die Schriftstücke, Bücher und dergleichen zu erhalten."

„Das tut mir leid. Zugegeben, eine Ordnung habe ich nicht feststellen können … Hier", er trat einen Schritt zur Seite und stieß dabei einen Bücherstapel um, „hoppla, hier habe ich die Bücher aufgeschichtet, die ich aus der Truhe …"

„Am besten, Sie fassen einfach nichts an", herrschte Henriette ihren neuen Kollegen an. „Was suchen Sie überhaupt?"

„Wie gesagt, ich bin Archäologe und arbeite an einem Institut in Berlin. Mein Mentor gab mir den Auftrag, hier in den brandenburgischen Archiven die Dokumente zu sichten und möglicherweise eine Katalogisierung vorzunehmen. Es ist ja unfassbar, in welchem Zustand die alten Papiere sind, hier muss dringend mal ein Fachmann …"

„Ein Fachmann, soso. Zufälligerweise kümmert sich eine Fach-Frau bereits seit geraumer Zeit um die Schätze, die in diesen feuchten Kellern vor sich hin modern, damit die Nachwelt wenigstens noch einen Hauch der Geschichte vorfinden kann. Ohne mich wäre hier schon längst alles verrottet. Aber wenn die hohen Herren in Berlin meinen, alles besser zu können, bitteschön. Das geht aber nicht, indem man einfach alles auseinanderpflückt und umschmeißt, Herr Grünbaum!"

„Grünberg", verbesserte er.

„Na, meinetwegen." Henriette geriet in Rage. Was bildete sich dieser abgerissene Tölpel überhaupt ein? Hier mir nichts, dir nichts aufzutauchen, in ihren wertvollen Kisten zu wühlen, alles umzuschmeißen und dann noch so zu tun, als wäre er derjenige mit dem Fachverstand.

„Andererseits", Henriette stemmte die Hände in die Hüften, „warum nicht? Ein bisschen Hilfe könnte ich vielleicht doch gebrauchen, solange mir niemand in meiner Ordnung herumpfuscht. Jedenfalls brauchen Sie hier in diesem Raum nicht zu suchen, und auch in den Kammern den Flur hinauf nicht. Da war ich schon überall, ich kann Ihnen gern eine Liste der gesichteten Papiere zeigen. Aber die Kammern auf der anderen Seite des Flures und noch eine Treppe tiefer, da könnte etwas sein. Am besten, ich fange ganz unten an und Sie hier oben." Sie wandte sich dem Durcheinander an Büchern zu, das Justus angerichtet hatte. „Aber notieren Sie genau, was Sie finden, halten Sie sich einfach an meine Listen und Karteien. Dann habe ich auch etwas davon und muss nicht alles noch einmal dokumentieren."

Einen nach dem anderen nahm sie ihre Schätze zur Hand und sortierte sie fein säuberlich zurück in die Truhe. Unfassbar, dieser Rüpel hatte eines ihrer wertvollen Bücher beschädigt! Es sah fast so aus, als sei eine Seite zerrissen, als fehle ein großes Stück Papier. Henriette blickte auf den Umschlag. Eine Sammlung alter Gemarkungskarten. Gut, nach dem Aufräumen würde sie noch einmal in Staub und Dreck wühlen müssen, um den Fetzen wiederzufinden. Der Himmel mochte wissen, wo das Stückchen Papier gelandet war. Seufzend fuhr sie mit der Arbeit fort.

☙

Stunden später tauchten sie wieder aus den Tiefen der Katakomben auf, müde und staubig.

„Und? Sind Sie vorangekommen?" Henriette klopfte den Staub aus dem Kleid.

„Ich finde schon, ja. Einige Räume habe ich in Augenschein nehmen können und viele Dokumente sortiert. Hier", er reichte ihr einen Stapel Karteikarten, „das ist dabei herausgekommen."

„Bitte was? Mehrere Räume an einem Abend? Das kann ja nicht wirklich gründlich gewesen sein. Ich brauche für einen einzigen Raum mehrere Tage. Und was soll das hier sein?" Sie zeigte auf die Notizen. „Völlig lückenhaft. Nicht den Fundort eingetragen, nicht den Umfang des Dokuments. Herrje, was soll ich denn damit anfangen?"

„Gestatten Sie mal, immerhin bin ich studierter Archäologe und nicht ein dahergelaufener ..." Er brach ab.

„Soso." Brüsk wandte sich Henriette um und verließ die Kammer. Dieser eitle Fatzke! Wollte sie doch mal schauen, was er in den Kammern angerichtet hatte. Sie betrat den ersten Kellerraum, der modrig roch. Nicht auch noch Feuchtigkeit, das wäre Gift für die alten Schriftstücke! Sie blickte sich um, begutachtete die Truhen und Regale. Irgendetwas kam ihr merkwürdig vor. Die Mappen und Bücher waren nicht ordentlich sortiert eingeräumt worden, wie man es von einem Fachmann erwarten sollte. Sondern sie schienen hastig in die Behältnisse und auf die Regalbretter gestopft. Und irgendwie ... Die bisherigen Räume waren eher überfüllt gewesen, Henriette hatte weitere Truhen heranschaffen müssen, um alles sicher zu verstauen. Hier dagegen waren immer wieder leere Flächen und Lücken zu sehen. Merkwürdig.

Henriette gähnte. Sie würde sich der Sache morgen annehmen müssen. Als sie den Gang Richtung Treppe einschlug, traute sie ihren Augen kaum: Justus stieg gerade die Treppe hinauf. Unter den Arm geklemmt eine unhandliche Kiste.

༺

Trotz der späten Stunde ging Henriette nicht gleich zu Bett. Vor einiger Zeit hatte sie sich eine Dorfchronik aus dem Archiv mitgenommen, die sie lesen wollte, um die Abstammungen mancher Familien im Städtchen zu rekonstruieren. Hinter dieser Ahnenforschung verbargen sich oft unglaubliche Geschichten, manchmal anrührend, manchmal tragisch. Henriette liebte es, sich in diese wahren Begebenheiten zu versenken und sich die Geschichten aus der alten Zeit auszumalen. Und manche ihrer Notizen könnten auch für spätere Generationen interessant sein. So saß sie auch an diesem späten Abend beim Licht der Petroleumlampe an ihrem Schreibtisch, las die alten Dokumente und entwirrte die komplizierten Fäden.

Plötzlich schreckte sie hoch. War da was? Ganz deutlich hatte sie doch Geräusche gehört. Bestimmt ihr Kater mal wieder, auf der Suche nach Jagdbeute. Die langen Abende im einsamen Gewölbekeller des Archivs waren nicht gut für Henriettes Nerven. Doch halt ... So klang doch kein Kater, der nach Mäusen jagte. Leises Tappen, schlurfende Schritte, als würde ein Vorhang über den Boden geschleift ... Henriette stand auf und riskierte einen Blick in die Diele. „Zacharias? Bist du schon wieder unten?" Aber kein Kater kam um den Türrahmen gestrichen. Henriette nahm ihre Lampe und zwang sich, erneut die Stiege nach oben zu gehen, um zu schauen, was der Kater dort in der Kammer trieb. Sie atmete einmal tief durch und öffnete die Tür zur Dachkammer.

Ein kalter Hauch blähte die alten Gardinen. Henriette schauderte in der Kälte. „Wer hat denn das Fenster ...?" Aber die Fenster waren geschlossen. Mit der Petroleumlampe leuchtete sie in das Zimmer. Alte Möbel unter zerschlissenen Leintüchern. Spinnweben in den Ecken, Wandbehänge in Fetzen. Ein blinder Spiegel. Und wer war eigentlich diese Frau auf dem Bild dort drüben? Ein stechender Blick entsprang den Augen der Unbekannten. Staub bedeckte den Boden, und ein leises Knirschen ließ Henriette zusammenfahren. „Zacharias, komm, wir schauen morgen noch einmal nach. Da wird einem ja bange." Sie wollte sich umdrehen und wieder in ihrem warmen, hellen Zimmer verschwinden, aber die Schritte, die Henriette gehört hatte? Und die Mäuse ... Mäuse waren nicht zu hören. Plötzlich herrschte Totenstille, nicht einmal der eisige Winterwind pfiff um die alten Balken. Sie spürte eine Gegenwart, Augen, die sie beobachteten und in der Schwärze lauerten. Irgendjemand – nein, irgendetwas – starrte sie an. Und das war nicht das Porträt. Ganz sicher nicht. Das spürte Henriette genau. Mit kaltem Grausen wandte sie sich ab, eilte die Treppe hinunter in ihre Wohnstube, warf die Tür hinter sich zu und drehte zweimal den Schlüssel um. Völlig außer Atem versuchte sie, einen klaren Gedanken zu fassen. Lauernde Blicke, so ein Unfug, schalt sie sich selbst. Es würde sich alles aufklären, ganz bestimmt. Morgen würde sie das Dienstmädchen anweisen, oben zu putzen und aufzuräumen. Wozu bezahlte Henriette schließlich die Dienstboten?

Mit zitternden Knien schlich Henriette ins Bett. Ihr Ofen war noch warm – und ihr Kater schmiegte sich an seine Wärme. An Schlaf war in dieser Nacht nicht zu denken.

☙

Alles andere als ausgeschlafen zog Henriette am nächsten Morgen die Vorhänge beiseite. Merkwürdige Ereignisse waren das gewesen, vergangene Nacht.

Ein gutes Frühstück sollte die Welt wieder etwas ins Lot bringen können. Im Speisezimmer traf Henriette auf ihre Eltern, die bereits beim Morgenkaffee beisammen saßen.

„Guten Morgen zusammen. Josefa, bitte bringen Sie mir auch einen Kaffee."

Sofort brachte das Dienstmädchen das Gewünschte.

„Mein Kind, du siehst nicht gut aus", bemerkte der alte von der Marwitz. „Du treibst dich viel zu oft in diesen Katakomben herum, das ist nicht gut für eine junge Dame."

„Ach Vater, wieder das Thema … Aber nicht nur in den Katakomben treibe ich mich herum, auch auf unserem Dachboden war ich. Sag mal, was hat es eigentlich mit diesem merkwürdigen Porträt auf sich, das in der Kammer über meiner Stube an der Wand lehnt? Die Frau darauf ist mir völlig unbekannt."

„Das alte Bild hast du gefunden?", die Mutter sah von ihrem Frühstück auf. „Das hing früher in der Eingangshalle, aber irgendwie mochte ich es nie leiden. Es war mir irgendwie unheimlich. Dieser Blick … Da habe ich es schon vor geraumer Zeit auf den Dachboden geräumt."

„Wer ist die Frau?", beharrte Henriette.

„Wenn ich mich richtig erinnere", der Vater wischte seine Hände an der Serviette ab, „hat mein Großvater mir von ihr erzählt, als ich ein kleiner Junge war. Eine Ewigkeit her …"

„Und?" Henriette wurde ungeduldig.

„Das Bild hat jedenfalls seine Schwester gemalt. Meine Großtante muss eine begabte Frau gewesen sein. Aber auch reichlich verschroben, etwas kauzig. Übrigens hieß sie auch Henriette."

Henriette zuckte zusammen. „Wie bitte?"

Der Vater lächelte. „Du musst mir verzeihen. Es war mir wichtig, der belächelten Tante ein wenig Ehre zu erweisen. Außerdem musst du zugeben, dass es ein sehr hübscher Name ist." Die Mutter nickte beifällig.

„Also", fuhr er fort, „sie war schon ziemlich seltsam. Manchmal schlafwandelte sie, wie mir der Großvater berichtete, sie erzählte von Engeln und Geistern, die auf den nebligen Wiesen tanzen. Und sie malte eben dieses Bild nach einer jungen Frau, die sie oben auf dem Speicher gesehen haben wollte."

Henriette fiel vor Schreck der Kaffeelöffel aus der Hand. „Verzeihung, bitte was?"

„Der Großvater erzählte, sie behauptete Stein und Bein, dass diese Frau oben wohne. Weil niemand ihr glauben wollte, malte sie eben das Bild. Sie war schon merkwürdig, die alte Tante Henriette."

„Moment, diese Henriette war also die Tochter meines Ururgroßvaters? Der unser Haus erbaut hat?"

„Richtig. Tante Henriette ist hier aufgewachsen und blieb unverheiratet, hat ihr Elternhaus also nie verlassen. Sie liebte es sehr."

Henriette war es plötzlich sehr unwohl. Sie musste erst mal raus, weg von dem unheimlichen Porträt. Sie räusperte sich. „Tja, Nomen est Omen. Da weiß ich ja, wie meine Zukunft aussehen soll. So, ich muss dann auch los. Mich in den Archiven herumtreiben, du weißt ja …" Sie lächelte ihren Eltern verschmitzt zu, verabschiedete sich mit einem Kuss und eilte zu ihrer Arbeit.

ew

Während sie zu ihrer Wirkungsstätte ging, kam ihr wieder in den Sinn, was sie neulich beobachtet hatte. Was hatte Justus aus dem Archiv mitgehen lassen? Konnten die alten Dorfchroniken, Gemarkungskarten und ähnliche Dokumente aus diesem unbedeutenden Örtchen wirklich von Interesse für einen Mitarbeiter des archäologischen Instituts im großen Berlin sein? Noch dazu herausgerissene Papierfetzen? Würde ein seriöser Wissenschaftler so mit alten und möglicherweise wertvollen Dokumenten umgehen? Und dann diese Geräusche und die Gewissheit, dass etwas sie da oben belauert hatte, nein, jemand hatte sie erwartet … Zacharias streckte sich. Er hatte es sich nicht nehmen lassen, seine Herrin die Nacht über zu beschützen und gleichzeitig als Fußwärmer im Bett gedient. „Nun gut, mein Katerchen. Die Pflicht ruft." Es waren bestimmt wirklich nur Mäuse in der Dachkammer. Es mussten einfach Mäuse gewesen sein.

Nach der Morgentoilette begab sie sich an ihre Aufgaben als Hausherrin. Aus dem Fenster blickend, ob gemäß ihrer Anweisung die verschneite Hofeinfahrt gekehrt wurde, sah sie auch weit über den Salzmarkt. War das nicht …? Doch, das musste Justus sein. Die linkische Haltung und ungeschickte Art der Bewegung waren eindeutig. Aber was stellte er da an? Hatte Papiere in den Händen, die er ständig umdrehte, dann spähte er in die Gegend, wendete das Papier wieder und drehte sich um die eigene Achse. Was hatte dieser Fremdling hier herumzuschnüffeln? Suchte er etwas Bestimmtes? Henriette beschloss, zum Mittagessen – natürlich rein zufällig – in den Dorfkrug zu gehen. Bestimmt würde der merkwürdige Besucher in seiner Herberge essen. Da könnte sie ihm ja Gesellschaft leisten.

☙

Wie vermutet traf Henriette den Archäologen am Mittagstisch. Mit einer eher ärmlichen Brotzeit vor sich, wie sie nicht umhin konnte zu bemerken.

„Na, wenn das nicht mein werter Herr Kollege ist! Darf ich mich setzen?" Schon ließ sie sich auf dem zweiten Stuhl nieder. „Was tun die Forschungen?" Sie bestellte sich ebenfalls einen Imbiss.

„Gut gut, kann nicht klagen. Komme voran", sagte Justus etwas einsilbig.

„Worum genau geht es bei Ihrer Forschungsarbeit eigentlich?"

„Das habe ich doch bereits erklärt. Ich sichte das Material und katalogisiere es, damit es nicht in Vergessenheit gerät, sondern der Forschung nutzbar sein kann."

„Ach. Und nach welchen Methoden gehen Sie vor? Ich bin neugierig, weil ich bisher nur nach meinem Gutdünken arbeiten konnte. Natürlich interessiert es mich brennend, wie die echten Kapazitäten auf diesem Gebiet arbeiten."

„Liebe Frau von der Marwitz, das würde nun zu weit führen. Sowieso, ich muss noch dringend an mein Institut telegrafieren, wo finde ich wohl das nächste Telegrafenamt?"

„Wollen Sie nicht wenigstens erst einmal aufessen?"

„Leider, so gern ich Ihre Gesellschaft genießen würde, drängt die Zeit. Ich empfehle mich." Hastig verließ Justus den Gastraum.

„Ihr Hut!", rief Henriette ihm noch nach. Vergeblich, schon schwang die Tür hinter ihm zu.

Seltsam. Da stimmte doch etwas nicht. Und die Tratschmäuler des Dorfes konnten sich ab sofort erzählen, dass die junge von der Marwitz fluchtartig am Tisch sitzengelassen worden war.

∽

Zurück in ihrer Stube begab sich Henriette wieder an ihre Ahnenforschung. Sie wollte Justus ein bisschen Vorsprung lassen und später im Archiv einmal heimlich beobachten, was er da eigentlich so trieb. Nicht dass sie spionieren wollte. Es interessierte sie eben. Ganz ohne Hintergedanken, versteht sich.

Plötzlich, ganz deutlich: Schritte über ihr. Das musste wohl Josefa sein, das Dienstmädchen. Henriette wollte einmal nachschauen, ob sie auch ordentlich arbeitete. So konnte sie sich ohnehin nicht auf die Dorfchronik konzentrieren. Also stand sie auf und stieg wieder einmal die Treppe hinauf zur Dachkammer über ihrer Stube.

„Hallo?" Keine Antwort.

Entschlossen ergriff sie die Türklinke und öffnete die Tür. Alles wie gehabt, die abgedeckten Möbel, die mit den zerschlissenen Leintüchern wie stumme Geister einer längst vergangenen Zeit wirkten. Die Staubfäden, die sich sacht wiegten. Aber dort: Spuren. Ganz eindeutig Spuren im Staub, von zierlichen Füßen. Sie führten durch das Zimmer, verloren sich am Fenster, führten aber nicht wieder zur Tür hinaus. Was immer diese Fußspuren hervorgerufen hatte, musste noch im Zimmer sein. Aber da war niemand. Was ging hier vor?

Henriette erschauderte. Sofort zwang sie sich jedoch wieder zur Vernunft. „Mädchen, jetzt fang nicht an mit Gespenstergeschichten", schalt sie sich selbst. „Es gibt eine einfache Erklärung. Bestimmt war Josefa hier oben. Nur hätte sie dann auch gleich saubermachen können, wenn sie sich schon auf dem Speicher herumdrückte."

Mit zitternden Händen schloss sie die Tür wieder und begab sich zurück in ihre Stube. Wenn die Dämmerung einsetzen würde, wollte sie das Archiv aufsuchen.

☙☞

Im Schutz der Dämmerung schlich Henriette über den Salzmarkt Richtung Archiv. Das Dienstmädchen war angewiesen, die Dachkammer ordentlich zu säubern, wenn sie schon oben herumschnüffeln musste. Ahnungslos tat sie, das einfältige Ding. Als hätte sie noch niemals etwas von dieser Dachkammer gesehen. Aber sei es drum, Henriettes Vorhaben war schließlich auch nicht gerade das Benehmen einer Dame.

Leise öffnete sie die alte Kellertür, die in die Katakomben führte, und schlich die Stiege hinab. Hinten aus einer der Gewölbekammern flackerte etwas Licht. Leise trat sie an die Kammer heran und spähte hinein. Justus war in seine Arbeit vertieft. Doch halt, das sollte seine wissenschaftliche Arbeit sein? Hastig griff er sich eine Dokumentenmappe nach der anderen, blätterte sie hektisch durch, stopfte die Papiere achtlos wieder hinein und warf die Mappe auf einen ansehnlichen Stapel ebenfalls zerfledderter Papiere. Wissenschaftliche Arbeit und sauberes Katalogisieren? Dass sie nicht lachte. Henriette traute ihren Augen kaum. Was tat dieser Amateur?

Plötzlich lachte er auf. „Volltreffer!" Er entnahm einer kleinen Kiste ein Stück Papier, faltete es zusammen und steckte es in die Innentasche seiner Weste. „Nun noch die gute Ordnung", murmelte er, nahm ein paar Karteikarten zur Hand und kritzelte fahrig etwas darauf.

So schnell es ihr lautlos möglich war, trat Henriette in einen anderen Raum, um nicht gesehen zu werden. Ihr Atem ging stoßweise – was hatte das alles zu bedeuten? Aber vor allem musste sie hier verschwinden, bevor Justus sie einschließen konnte. Ein kurzer Blick bestätigte, dass er wieder darin vertieft war, Henriettes wertvolle Schriftstücke zu fleddern. Sie verließ auf leisen Sohlen das Archiv.

☙

Am nächsten Morgen wachte Henriette wie gerädert auf. Albträume hatten sie geplagt, von unheimlichen Gestalten, die den Archivgewölben entstiegen, von alten Büchern, die lebendig wurden und heulend ihre unheimlichen Geschichten erzählten. Und dann dieses Mäusegetrappel aus der Kammer über ihr! Sie musste Zacharias noch mal hinaufschicken. Zwar liebte und verwöhnte sie ihren Kater, aber dennoch konnte er sich nützlich machen und sich sein tägliches Brot auch selbst verdienen. Nach der Morgentoilette und einem kurzen Frühstück stieg sie also mit dem Kater die Treppe zum Dachboden hinauf, zu der Tür, hinter der sich das Zimmer mit der nächtlichen Unruhe befand. Plötzlich fauchte der Kater auf und versuchte, sich aus ihrem Arm zu winden.

Henriettes Griff wurde fester. „Zacharias, sei nicht so faul! Ein paar Mäuse zu fangen, kann doch für einen ausgewachsenen Kater nicht das große Problem sein. Sei brav." Sie setzte ihn in das Zimmer. „Beeil dich einfach, dann lass ich dich wieder heraus und du kannst dich hinter den Ofen kuscheln."

Mit diesen Worten zog sie die Tür hinter sich zu. Sonst würde sich ihr schlitzohriger Kater nur wieder vor der Arbeit drücken.

❦

Einige Zeit später war Henriette für den Vormittag mit ihren hauswirtschaftlichen Pflichten fertig. Nun eine Mittagspause, eine Kleinigkeit essen ... Doch halt, ihr Kater! Langsam sollte es wohl genügen, Zacharias hatte sicherlich die Mäuse nun erfolgreich zur Strecke gebracht. Außerdem wollte sie ihrem kleinen Gefährten nicht länger die Freiheit nehmen.

Als sie sich der Dachkammer näherte, überkam sie ein seltsames Gefühl. Irgendwas stimmte hier nicht. Henriette wagte nicht zu atmen. Da war es wieder, das seltsame Gefühl. Sie spürte Blicke in ihrem Nacken, abwartendes Lauern. Ja, es lauerte jemand – auf sie. Ein kalter Schauer fuhr Henriette über den Rücken.

Ach was, alles Einbildung. Sie war eine dumme Gans, schalt sie sich. Alles sah doch aus wie immer. Die Treppe, der Korridor, die Tür ... Doch dahinter war kein Laut zu hören, kein Maunzen oder Bewegung. Argwöhnisch öffnete Henriette die Tür – und erstarrte. In Fetzen hingen die Gardinen herab, die ohnehin schon zerschlissene Tapete war zerfetzt, das Porträt hinten in der Ecke mit Kratzern übersät. Sie trat näher. Hatte sich Zacharias mit den Mäusen ein Duell geliefert? Misstrauisch betrachtete sie das Bild, das sie so unheimlich anstarrte – waren das Blutspuren? Und wo war der Kater? Kein Laut war zu hören außer Henriettes nervösen Atmen. Sie drehte sich zur Tür. Der Schreck lähmte sie von Kopf bis Fuß. Das Pelzige dort an der Wand neben der Tür, war das etwa ...? Sie stürzte zu dem leblosen Etwas hin – Zacharias! Mit weit aufgerissenen Augen, das Maul offen stehend und merkwürdig verrenkt lag ihr Katerchen tot auf dem Boden. Und die Tür, die Türpfosten – voller Kratzspuren! Der Lack blätterte in langen Bahnen vom Holz. Es schien, als sei Zacharias völlig in Panik geraten und hätte verzweifelt versucht zu fliehen. Mit tränenblinden Augen bückte sie sich zu ihrem kleinen Freund. Er schien so weit unverletzt. Gut, er hatte auch schon sein Alter ... Sie war damals ein Kind gewesen, als sie ihn aus dem Pferdestall anschleppte, ein klitzekleines Katerchen. Aber warum hatte er hier offenbar in Panik oder gar in einem wilden Kampf gewütet, bevor er tot umfiel?

Henriette ließ sich neben Zacharias auf den Boden sinken. Jetzt bloß einen kühlen Kopf behalten. Doch als sie den Blick über den Fußboden schweifen ließ, überkam sie das kalte Grauen. Fußspuren. Ganz deutlich. Sie zogen ihre Kreise im Staub und verloren sich im Nichts. Wieder spürte sie den lauernden Blick, als würde sich gleich jemand auf sie stürzen wollen, und unwillkürlich sah sie zum Porträt. Das Bildnis schien ihr direkt in die Seele zu blicken.

Schreiend sprang Henriette auf. Sie stürzte auf den Korridor, rannte die Treppe hinunter und in ihre Stube. Atemlos verriegelte sie die Tür, warf sich auf ihr Bett. Wie ein Sturzbach liefen ihr Tränen des Entsetzens über das Gesicht.

೧

Stunden später rappelte sich Henriette wieder auf. Schniefend, mit verquollenen Augen und voller Furcht. Es würde doch eine logische Erklärung geben, versuchte sie, sich einzureden. Nur welche? Was konnte einen stattlichen Kater wie ihren Zacharias nur so in Aufruhr versetzen? Und die Fußspuren ... Sie schienen aus dem Nichts zu kommen und nirgends hinzuführen. Ein Schauder lief ihr über den Rücken und kaltes Entsetzen packte sie. Das war nichts Lebendiges, was da oben sein Unwesen trieb. Es konnte nicht durch die Tür gekommen sein, die Spuren kamen nicht von dort. Es wohnte da oben, seit Urzeiten. Etwas Uraltes hatte dort oben Besitz ergriffen. Sollte die alte Tante Henriette recht behalten?

„Gnädiges Fräulein?" Der Ruf des Dienstmädchens holte sie aus ihren Gedanken. „Fräulein Henriette, hier ist Besuch für Sie. Ein Herr!"

Auch das noch. Ein Gast, und sie sah aus wie eine verheulte Vogelscheuche, was ein Blick in den Spiegel über der Frisierkommode bestätigte. Kurz etwas kaltes Wasser durch das Gesicht und ein wenig Puder auf die geröteten Wangen. „Ich bin gleich da!", rief sie durch das Treppenhaus, ordnete ihre Kleidung und eilte in den Eingangssalon.

„Sie?" Voller Erstaunen erblickte sie Justus. „Ich meine, wie schön, Sie zu sehen. Was führt Sie zu mir?" Henriette versuchte, ihre Verunsicherung zu überspielen. Schließlich hatte dieser Wüstling im Archiv Diebstähle begangen und verheimlichte ihr etwas.

„Liebe Frau von der Marwitz, es ist mir eine Freude, Sie zu sehen. Ich dachte, da wir ja Kollegen und quasi Nachbarn sind, statte ich Ihnen in Ihrem prächtigen Haus einmal einen Besuch ab. Reizend haben Sie es hier." Bewundernd blickte er sich um.

„Herr Grünberg, es ist mir ein Vergnügen. Gern würde ich Sie zu einer Tasse Tee hereinbitten, aber ..."

„Welch nette Idee, da sage ich nicht Nein. Zufällig habe ich ein bisschen Zeit mitgebracht. Und bevor ich es vergesse, bitte entschuldigen Sie mein Benehmen von neulich. So benimmt sich wahrlich kein Kavalier in Anwesenheit einer so bezaubernden Dame."

„Bezaubernd", entfuhr es Henriette. Was war denn mit dem Kerl plötzlich los?

„Eine Freude, mit Ihnen einen Tee zu trinken, wirklich, eine wunderbare Idee. Darf ich mich setzen? Entschuldigung, wir bleiben doch im Salon? Oder, wenn Sie mir die Frechheit verzeihen, wären Ihnen Ihre Privaträume lieber?"

„Nein nein, lassen Sie uns einfach hierbleiben. Josefa", wandte sie sich an das Dienstmädchen, „wenn Sie uns bitte eine Kanne Tee bereiten wollen."

Josefa entfernte sich Richtung Küche, nicht ohne den Fremden neugierig zu beäugen.

„Nun, Herr Grünberg, was verschafft mir die Ehre?"

„Bitte, nennen Sie mich Justus. Wo wir doch so gute Kollegen sind, nicht wahr? Ich darf doch Henriette sagen?"

„Von mir aus, so heiße ich ja schließlich. Also gut, Justus, was wünschen Sie?"

„Ach, ich dachte einfach nur, es wäre nett, sich einmal im ungezwungeneren Rahmen zu sehen und ein wenig zu plaudern. Im Archiv häuft sich ja nur die Arbeit, da kommt man ja gar nicht zu einem freundlichen Wort. Wie lange wohnen Sie eigentlich schon hier?", fragte er unvermittelt. „Ich meine, sind Sie hergezogen, oder ist das Haus schon länger im Familienbesitz?"

„Wir leben schon seit mehreren Generationen hier, mein Ururgroßvater war es, der das Haus gebaut hat. Natürlich gab es zahlreiche Umbauten, bis es seine heutige Gestalt angenommen hat."

„Interessant."

„Der Tee, gnädiges Fräulein." Josefa stellte das Tablett mit Tee, Geschirr und etwas Gebäck auf dem Beistelltisch ab.

„Danke Josefa, wir bedienen uns selbst."

„Sehr gern." Mit einem knappen Knicks entfernte sich das Dienstmädchen wieder.

„O nein", sagte Justus mit bekümmerter Stimme, „da habe ich mein Zigarettenetui vergessen. Sie verstehen, liebe Henriette, zu einem guten Tee gehört für mich eine Zigarette. Bitte entschuldigen Sie mich einen Moment, der Gasthof ist ja gleich um die Ecke. Ich bin sofort zurück." Mit einem Handkuss verabschiedete sich Justus und eilte aus der Tür.

„Komischer Kauz. Was ist das denn für ein Auftritt?", murmelte Henriette und nippte an ihrem Tee. Andererseits kam ihr die Ablenkung gerade recht. Nach dem unheimlichen Vorfall am Vormittag ... Sie würde den Gärtner anweisen, Zacharias im Park zu beerdigen. Wieder stiegen die Tränen in ihr auf.

Seltsam, sie konnte vom Salon aus die Hofeinfahrt gut einsehen, aber sie hatte Justus nicht in Richtung des Salzmarktes mit dem Gasthaus gehen sehen. Aber sie war ja auch in Gedanken vertieft gewesen.

Die Uhr über dem Kamin tickte. Henriette schenkte sich die zweite Tasse Tee ein. Wo Justus nur blieb? So weit war das Gasthaus ja wirklich nicht entfernt. Henriette stand auf und warf einen Blick in den Korridor.

Warum stand die Kellertür offen? Das Dienstmädchen hantierte hörbar in der Küche. Ob Josefa vergessen hatte, die Tür zu schließen? Als Henriette zur Tür schritt, um sie zu schließen, bemerkte sie ein flackerndes Licht, das die Treppe herauf schien. Ihr Herz schien einen Schlag auszusetzen. Nicht noch ein unheimlicher Zwischenfall! Aber dennoch … Mit angehaltenem Atem schlich Henriette die Treppe hinunter. Gleich am Fuß der Treppe stand eine flackernde Kerzenlaterne, die den Eingang zur Werkzeugkammer erhellte. Und dort kniete jemand auf dem Boden und war ächzend an irgendetwas zugange. Justus! Was tat er dort? Der Mann konnte nichts Gutes im Schilde führen. Erst der Diebstahl und die gefälschten Karteikarten im Archiv, jetzt das. Das grenzte ja an Einbruch! Henriette musste etwas tun. Leise bewegte sie sich auf die kauernde Gestalt zu und griff vorsichtig nach der Kohlenschaufel, die an der Wand lehnte. Sie hob sie hoch über den Kopf, bereit zuzuschlagen. Mit einer weit ausholenden Bewegung zielte sie auf Justus' Kopf und – plötzlich löste sich das Blatt der Schaufel und fiel mit einem lauten Scheppern zu Boden. Justus fuhr hoch, und Henriette starrte fassungslos auf den leeren Schaufelstiel.

„Was zum ..." entfuhr es Justus.

Das war für Henriette das Kommando, dann eben mit dem Stiel auf ihn einzuprügeln. Ein wenig ungelenk sprang Justus zur Seite, konnte aber ausweichen, sodass Henriette von ihrem eigenen Schwung mitgerissen gegen die Wand taumelte und ihre Waffe verlor.

„Henriette!" Justus kam auf sie zu.

Was auch immer er vorhatte, die nackte Angst stieg in ihr auf. Was hatte er mit ihr vor? Wenn er nun hinter all dem Spuk steckte? Panisch tastete Henriette in die Werkzeugkiste neben sich. Einen Hammer, irgendetwas, das sie als Waffe benutzen konnte!

„Seien Sie still, Herrschaftszeiten!"

Von still konnte nun gar keine Rede sein, den Schädel einschlagen würde sie diesem Verbrecher! Endlich bekam sie einen Holzgriff zu fassen, riss das Werkzeug hoch hielt es drohend vor sich.

Ein schiefes Grinsen erschien auf Justus' Gesicht. „Finden Sie, es ist der richtige Zeitpunkt für eine Maniküre?"

Verdutzt blickte Henriette auf die „Waffe" in ihrer Hand. Eine Feile! Dennoch. „Unterschätzen Sie niemals die Waffen einer Frau!" Trotzig schob sie das Kinn vor und straffte die Schultern, um wenigstens einen Rest Würde vor dem Eindringling zu wahren.

Lächelnd schob Justus die Feile beiseite. „Heben Sie sich die Waffen einer Frau für später auf. Ich glaube, ich bin Ihnen eine Erklärung schuldig." Er nahm die Kerzenlaterne und bot Henriette galant den Arm, den sie nur mit offenem Mund völlig perplex annehmen konnte.

☙

Kurze Zeit später saßen sie wieder im Salon und Henriette lauschte Justus' langer und umständlicher Erklärung.

„Habe ich das richtig verstanden?", setzte sie an. „Kurz und bündig: Sie sind im Auftrag Ihres Instituts unterwegs, um prähistorische Hügelgräber zu finden? Und dafür haben Sie im Stadtarchiv und in meinem Keller herumgeschnüffelt? Aber wozu der ganze Aufwand? Viel einfacher wäre doch gewesen: Liebe Henriette, ich bin auf der Suche nach einem Hügelgrab. Wissen Sie, wo ich Dokumente dazu finden könnte?"

Justus knetete verlegen seine Hände. „Aber schauen Sie, das ist mein großes Projekt. Das bringt mir hoffentlich den Durchbruch in der Wissenschaft. Aus dem kleinen, ungeschickten Grünberg könnte Professor Justus Grünberg werden! Und da …"

Er suchte nach Worten.

Nun verstand Henriette. „… und da hatten Sie Angst, dass sich die kleine Frau aus dem Archiv in ihrer Ehre gekränkt fühlen und Ihnen den Ruhm streitig machen könnte. Auf so eine absurde Idee und so ein albernes Versteckspiel kann auch nur ein Mann kommen." Verständnislos schüttelte Henriette den Kopf. „Aber sei es drum. Viel interessanter ist doch wohl die Frage: Was haben Sie herausgefunden? Oh, und ab jetzt leihen Sie sich die Dokumente einfach ordnungsgemäß aus, anstatt wild darin herumzuschnippeln! Wo ist eigentlich das Papier aus den Gemarkungskarten?"

Betreten sah Justus zu Boden wie ein Schuljunge, der bei einem Streich erwischt worden war. „Selbstverständlich", murmelte er. „Ich hole nur rasch die Unterlagen und auch den Kartenausriss, dann können wir alles besprechen." Er stand auf und ging zur Tür.

„Aber nicht wieder in den Keller verschwinden", rief ihm Henriette nach, froh über die Abwechslung, die sie von der schaurigen Dachbodenkammer ablenkte.

❦

Im flackernden Licht der Petroleumlampe beugte sich Henriette über das uralte Dokument. In der Zwischenzeit, die sie gemeinsam mit Justus bereits die alten Schriftstücke betrachtete, war es dunkel geworden.

„Seltsam. Was soll das sein? Eine alte Gemarkungskarte, das ist deutlich. Aber der leere Fleck da: Es scheint keine Beschädigung zu sein, sondern wurde wohl vom Kartographen bewusst ausgelassen. Hier dieser Weg ... dort ein Grundriss ... Das hier, das soll wohl ein Bach sein, der durch Grünfläche fließt." Plötzlich wurde ihr klar, was sie da sah. Henriette wurde blass. Sie drehte die Karte vor sich und betrachtete sie aus verschiedenen Perspektiven. Das war ja unglaublich! „Nein! Wenn das hier Norden ist, dann …. dann ist das mein Elternhaus! Schauen Sie, hier geht heute die Zufahrt entlang, die Grundmauern stimmen mit dem heutigen Grundriss überein. Hier der kleine Bach durch den Park. Und hier, bei den weißen Flecken, ist heute der Salzmarkt … Aber das Haus ist doch noch gar nicht so alt! Die Karte muss … muss … jedenfalls uralt sein!"

„Und diese weißen Stellen, dort, wo der Salzmarkt sein müsste?", warf Justus ein. „Was könnten die sein?"

„Ich habe nicht die geringste Ahnung."

„Ich habe da eine Vermutung. Ihr Elternhaus weist im Grundriss bemerkenswerte Übereinstimmungen mit prähistorischen Kultstätten auf."

Henriette wollte schon widersprechen, schloss aber wieder den Mund. Uralte Kultstätten? „Und was ist nun mit diesem Hügelgrab ohne Hügel? Und die weißen Flecken auf der Karte? Sie denken doch nicht …"

„Das möchte ich herausfinden. Würde es Ihnen etwas ausmachen, ich meine, nur wenn es wirklich keine Umstände macht, dürfte ich noch einmal den Keller Ihres Hauses in Augenschein nehmen? Vielleicht gibt das Mauerwerk Hinweise auf ältere Bauepochen."

Henriette ließ das Papier sinken. „Das kann nicht sein. Ich hatte ja schon erwähnt, das Haus wurde von meinem Ururgroßvater erbaut.

Sie finden also nur die üblichen Fundamente, die zig Epochen nach der Zeit der Hügelgräber entstanden sind. Vor allem, haben Sie auf dem Salzmarkt irgendwo einen Hügel gesehen?"

„Wir sind hier in Brandenburg, alles Sandboden. Verwehungen können die Konturen eingeebnet haben, vielleicht wurde die Fläche auch für den Marktplatz planiert. Im Keller habe ich eine Stelle ausgemacht, wo ich ein wenig graben möchte. Später beseitige ich natürlich die Spuren, es wird kein Schaden zurückbleiben. Ich habe auch einen intakten Spaten." Er grinste schief und wies mit dem Kopf auf die demolierte Schaufel.

Henriette hoffte, dass er im Zwielicht nicht sehen konnte, wie ihr das Blut in den Kopf schoss.

☙

Im Schein der Kerzenlaterne arbeiteten sie nun schon eine geraume Zeit im Keller, um zu graben und herauszufinden, ob unterhalb der Kellermauern noch ältere Mauerreste zu finden waren. Justus stand mittlerweile schon bis zur Brust in der Grube direkt an der Kellerwand, einen Werkzeuggürtel um die Hüften und einen Spaten in der Hand. Henriette trug Eimer um Eimer an Aushub aus dem Weg. Irgendwann, sie hatten schon völlig das Zeitgefühl verloren, hörten sie einen merkwürdigen Klang, als Justus erneut mit dem Spaten zustieß.

„Henriette, leuchten Sie bitte einmal! Die Mauer reicht noch ganz schön weit nach unten. Hier fühlt sich das Mauerwerk aber plötzlich ganz anders an!"

Mit der Laterne beugte sich Henriette über die Grube, der Lichtschein reichte aber nicht aus, um Genaueres erkennen zu können. „Warten Sie, ich komme zu Ihnen." Sie holte eine Leiter herbei und stieg zu Justus in die Grube.

Tatsächlich, es war nicht zu leugnen: die massiven Sandsteine des Fundaments hörten plötzlich auf. Sie ruhten auf einer Mauer, die wesentlich älter zu sein schien und aus rohen, unbehauenen Findlingen bestand.

„Das kann ich nicht verstehen. Unser Haus wurde doch erst von meinen Vorfahren gebaut ...", wunderte sich Henriette.

„Das mag sein", entgegnete Justus, „aber ganz offensichtlich nutzte der uralte von der Marwitz bereits vorhandene Mauerreste. Ich hab da so eine Ahnung, aber dazu möchte ich erst noch mehr freilegen und auch eine kleine Gesteinsprobe entnehmen. Sie erlauben?" Er zog aus seinem Werkzeuggürtel einen Hammer und einen Meißel.

„Bitte, wenn es der Wissenschaft dient ..." Henriette blickte etwas spöttisch auf die Mauer. Wenn der eifrige Archäologe damit berühmt werden wollte, sollte es ihr recht sein.

Justus brach ein kleines Stückchen aus dem alten Gestein und verstaute es umständlich in einem Leinenbeutel, der ebenfalls am Werkzeuggürtel hing. Natürlich nicht ohne es vorher fachmännisch mit einem Pinsel abgestaubt zu haben.

Schweigend arbeiteten sie weiter: Justus grub, Henriette brachte den Aushub aus der immer geräumiger werdenden Grube, die immer tiefer gelegene Teile der Mauerwand freigab. Schließlich rieb sie sich stöhnend den schmerzenden Rücken. „Justus, mir reicht es jetzt. Lassen Sie uns morgen weitermachen. Sofern es nicht ohnehin schon morgen ist. Kommen Sie, ich zeige Ihnen das Gästezimmer, dann müssen Sie den Wirt im Dorfkrug nicht zu dieser Zeit aufscheuchen. Es ist zwar nicht hergerichtet, kann aber gar nicht staubiger sein, als Sie es ohnehin schon sind."

Justus setzte erneut den Spaten an. „Sie haben natürlich recht, aber diese eine Sektion hier möchte ich noch gerade zu Ende bringen."

Ein Bersten unterbrach seine Worte. Henriette fuhr zusammen. Wo kam denn dieses Krachen her?

„Schauen Sie, was kann das hier denn nur sein?" Justus grub fieberhaft weiter und warf losen Schutt aus der Grube, wo Henriette noch mit dem gerade geleerten Eimer stand. Sie blickte über den Rand und sah, wie Justus eine Öffnung freilegte – offensichtlich ein Türsturz. Wieder flog ein flacher Stein hinauf zu Henriettes Füßen. Sie nahm ihn in die Hände und betrachtete ihn. „Was zum ...", entfuhr es ihr. „Justus, haben Sie das gesehen?" Sie kletterte zu ihm in die Grube.

Justus rückte seine schmutzige Brille zurecht und leuchtete auf den Stein. Während er ihn betrachtete, weiteten sich seine Augen und sein

Mund stand offen. „Unfassbar! Kohle, Papier, wo ist denn das verflixte Papier?" Hektisch suchte er in seinem Werkzeuggürtel und förderte schließlich mit zittrigen Fingern das Gesuchte zutage. „Hier, halten Sie." Er drückte Henriette die Laterne in die Hand, kauerte sich auf den Boden der Grube und legte die Steinplatte vor sich hin. Das Papier deckte er darüber und fuhr vorsichtig mit der Zeichenkohle darauf hin und her. Nach und nach zeichnete sich die Struktur des Steins ab – und Schriftzeichen erschienen.

Atemlos verfolge Henriette das Geschehen. „Was hat das zu bedeuten?"

„Das sind Runen", erklärte Justus knapp.

„Ja. Und weiter?"

„Kann ich nicht genau sagen, da müsste ich nachschlagen. Jedenfalls, so viel ist klar: Wir befinden uns hier in einer Zeit, die weit vor der Ihres verehrten Ururgroßvaters liegen dürfte." Mit diesen Worten griff Justus wieder zum Spaten. „Gehen Sie ruhig schlafen, ich mache hier weiter."

„Ausgerechnet jetzt, wo es spannend wird? Das könnte Ihnen so passen. Na los, graben Sie!" Henriette schaufelte wieder lose Erde in den Eimer und brachte ihn beiseite.

Langsam aber sicher erschien der komplette Türsturz, mehr Schutt kam zum Vorschein: brüchig, uralt. Irgendwann erreichte die freigelegte Öffnung eine Größe, durch die ein Mensch hätte kriechen können. Doch was mochte dahinter liegen?

„Ich fresse einen Besen", meinte Justus, „wenn da irgendein Germane seine Einmachgläser hinter Runen versteckt hat. Das ist keine Vorratskammer, da steckt mehr dahinter. Kommen Sie?" Schon verschwand er im Dunkel hinter der Öffnung. „Etwas Licht wäre auch nicht schlecht."

Vom plötzlichen Wagemut des Archäologen angesteckt, raffte Henriette ihre Röcke und kroch mit der Laterne in der Hand ebenfalls in die unbekannte Finsternis.

༺༻

Hinter der uralten Tür tauchte ein niedriger Gang auf. Henriette konnte gerade eben aufrecht stehen, Justus musste sich ducken. Unbehauene Steine bildeten die Wände, der Boden bestand aus festgestampftem Lehm. „Hoffentlich hält die Decke noch ein bisschen." Henriette sah skeptisch nach oben.

„Die hat schätzungsweise ein paar Tausend Jahre gehalten, da wird diese eine Nacht nicht viel ausmachen."

Wo nahm der Kerl plötzlich seinen Mut her? Henriette konnte nicht umhin, beeindruckt von ihrem Kollegen zu sein. Gebildet, wagemutig – da wirkte das linkische Auftreten ja fast schon charmant.

Vorsichtig nahmen sie den Weg auf, der immer weiter vom Keller des Herrenhauses wegführte. Raum und Zeit verschwammen, auch die Wegstrecke war nicht mehr abzuschätzen. Irgendwann, nach Henriettes

Schätzung mussten sie unter dem Salzmarkt sein, weitete sich der Gang und mündete in einen etwas größeren Raum, an dessen Ende wiederum eine Tür zu sehen war. Auch hier: Schutt versperrte den Zugang. Während Henriette die Laterne hielt, machte sich Justus daran zu schaffen.

„Das ist stabiler, als es aussieht. Aber das muss das Hügelgrab sein, der weiße Fleck auf der Karte." Ächzend versuchte er, die Felsen aus der Türöffnung zu lösen. Endlich gab einer nach, und vorsichtig konnte er die übrigen entfernen, sodass sich ein Durchgang bildete. „Kommen Sie?"

Mit klopfendem Herzen folgte Henriette ihm durch die Tür. Zaghaft leuchtete sie in die Kammer, die sie gerade betreten hatten. Im Schein der Laterne sahen sie einen behauenen Felsblock in der Mitte des Raumes, etwa einen halben Meter hoch und mannslang. Die Wände waren hier glatter und von Schriftzeichen übersät. Auch der Boden, ebenfalls festgestampfter Lehm, war mit merkwürdigen Zeichen versehen, die irgendeine Art von Anordnung zu haben schienen. Henriette drehte sich um die eigene Achse – und erstarrte. Kaltes Entsetzen ergriff sie – da war etwas. Wieder spürte sie Blicke aus dem Finstern. Es beobachtete sie und lauerte. „Justus ..." Nicht mehr als ein Wispern entwand sich ihrer Kehle, als sie das Etwas in der Ecke neben der Tür sah. Es sah aus wie ... „Justus!" Ihr Schrei hallte merkwürdig in der Kammer wider. Da hockte etwas.

Justus nahm die Laterne aus Henriettes zitternder Hand und näherte sich langsam der kauernden Gestalt. Henriette folgte ihm mit zitternden Beinen. Vorsichtig leuchtete er in die Richtung – und blickte in leere Augenhöhlen, die in einem ledrigen Schädel saßen. Modrige Haarbüschel hingen herab und fielen wirr auf schmutzige Fetzen uralten Stoffes. Direkt neben der Gestalt wiesen die Sandsteine, die den Türrahmen bildeten, Kratzspuren auf.

Henriettes Schreien schien aus weiter Ferne zu kommen. Doch unfähig, sich zu rühren oder gar wegzulaufen, ließ sie sich von Justus in den Arm nehmen. „Ruhig, was auch immer hier war, es ist verschwunden."

Aber etwas war noch da. Ein schmutziges Stück Stoff auf dem Steinblock. Dem Opferaltar? Justus nahm den Fetzen zur Hand, glättete ihn vorsichtig und legte ihn wieder auf der Steinfläche ab. Etwas größer als ein Taschentuch, voller Schmutz und rostroten Flecken – Blut?

Henriette wich alle Farbe aus dem Gesicht, als sie sah, was die Spuren auf dem Stoff darstellten. Die Züge eines Antlitzes. „Das habe ich schon mal gesehen", flüsterte sie tonlos. „Zurück zum Haus!"

༄

Im Keller angekommen, kletterte Henriette hastig aus der Grube und eilte die Treppen hinauf in ihre Stube, Justus dicht hinter ihr. „Leise, wir müssen nicht unbedingt das ganze Haus aufwecken." In ihrer Stube angekommen, entzündete Henriette die Petroleumlampe und genoss einen Augenblick der Ruhe im behaglichen Licht. Doch es galt, Justus ein weiteres unheimliches Phänomen zu zeigen. „Kommen Sie mit nach oben, auf den Dachboden."

Auf leisen Sohlen stiegen sie die Treppe hinauf und betraten den finsteren, nur von der Petroleumlampe erhellten Korridor. „Justus ..." Ängstlich fasste sie ihn am Arm. „Wir müssen jetzt diese Tür aufmachen."

Sie nahm all ihren Mut zusammen und öffnete vorsichtig die Tür. Als sie in die Dachkammer hineinleuchtete, wies sie in Richtung der gegenüberliegenden Wand.

Das Porträt.

Zwar war sie darauf gefasst gewesen, dennoch erfasste sie das kalte Grauen. Trotz der Kratzer war es ganz deutlich zu sehen: Hier waren exakt dieselben Gesichtszüge zu sehen, die der Stoff im Hügelgrab aufwies. War das alles nur ein Albtraum? Der Raum drehte sich vor ihren Augen, doch sie riss sich zusammen, schaute auf ihre Füße. Doch der Boden ... Was war das? Das waren keine Fußspuren mehr. Schriftzeichen?

„Justus, schauen Sie", flüsterte Henriette und wies auf den Boden.

„Das ist doch ..." Mit fliegenden Fingern suchte Justus in seinem Werkzeuggürtel nach dem Stück Papier, auf das er im Keller die Runen kopiert hatte. Vorsichtig, um keine Zeichen zu verwischen, hockte er sich auf den Boden und verglich die Schriften. „Unglaublich. Das sind die gleichen. Die gleichen Runen wie unten im Keller. Ich wette, im Hügelgrab sind die auch zu finden."

„Aber was bedeuten sie? Können Sie das lesen?"

„Nicht ohne meine Bücher. Und die sind im Gasthof. Lassen Sie uns ausruhen. Vor Sonnenaufgang können wir nichts tun."

Henriette nickte. Noch nie, so schien es ihr, hatte sie sich so müde gefühlt. Auch wenn ihr Bewusstsein alles andere als Ruhe anstrebte, sie war am Ende ihrer Kräfte. „Ich zeige Ihnen rasch das Gästezimmer", sagte sie gähnend. Sie wies ihrem Gast den Weg, kehrte zurück und fiel noch in ihrer schmutzigen Kleidung ins Bett. Ein bleierner Schlaf überfiel sie, doch krochen Gestalten der Albträume aus den dunkelsten Winkeln ihrer Seele und bescherten ihr einen unruhigen, fiebrigen Schlaf.

☙

Kaum dass die ersten Wintersonnenstrahlen am Morgen durch das Fenster drangen, erwachte Henriette aus ihren unruhigen Träumen. Erst musste sie zu sich kommen, um ihrer Verwirrung Herr zu werden. Sie war angezogen, und ... Aber schon strömten die Erinnerungen an die vergangene Nacht auf sie ein und sie hastete zum Gästezimmer.

„Justus!" Unruhig klopfte sie an die Tür. „Wir brauchen Ihre Bücher!"

„Madame haben gerufen?", kam es von hinten.

Henriette fuhr herum. Auf dem Korridor stand Justus, schmutzig wie sie, zerzaust, die Brille etwas verbogen und verschmiert, und er sah sie mit einem schiefen Lächeln an. „Ob wir wohl eine Tasse Tee bekommen könnten?"

Trotz ihrer Anspannung musste Henriette lachen. Sie musste sich eingestehen, dass sie seine Anwesenheit zu genießen begann – sie hatte sich doch tatsächlich darauf gefreut, ihn wiederzusehen, mit ihm gemeinsam das Geheimnis zu lüften. Sie könnte sich an seine Anwesenheit gewöhnen. „Kommen Sie, ich mache uns welchen. Auf dem Ofen in meiner Stube muss der Kessel noch warm sein. Ich möchte nicht unbedingt in diesem Aufzug für weiteren Gesprächsstoff beim Hauspersonal sorgen."

Kurz darauf saßen sie mit duftendem Tee in Henriettes Wohnstube, vergraben in Justus' Bücher und mit der sorgfältig geglätteten Kopie der Runen zwischen sich.

„Haben Sie was gefunden?" Henriette blickte von ihrem Buch auf.

„Hmm ..." Mehr sagte Justus nicht, kritzelte aber immer wieder etwas auf seinen Notizblock.

Seufzend blätterte Henriette weiter. Diese seltsamen Schriftzeichen sagten ihr überhaupt nichts. Für sie sah eins aus wie das andere.

„Das ist ja ... Ha!" Justus' Ruf ließ Henriette zusammenzucken.

„Haben Sie jetzt was?"

„Das will ich meinen. Schauen Sie", er wies auf die linke von drei Runen, die sie im Keller gefunden hatte, „das hier bedeutet ‚Leben'. Das hier", er wies auf die rechte, „bedeutet ‚Tod' oder umgekehrt auch ‚ewiges Leben'. Und das hier", er tippte auf die Rune in der Mitte, „beutet ‚Wintersonnenwende'. Und wissen Sie, wann die ist?"

Henriette wurde blass. „Weihnachten?", hauchte sie. Das wäre ja in diesen Tagen!

„Exakt. Die Wintersonnenwende steht zwischen dem Leben und dem Tod. Oder anders: Die Grenze zwischen dem Reich der Lebenden und der Totenwelt ist durchlässig in dieser Nacht, die die längste und dunkelste des Jahres ist. Und die ist genau jetzt."

„Was hat das zu bedeuten?"

Justus zog ein Buch aus dem Stapel neben sich, und polternd fielen die übrigen Bücher zu Boden. Er beachtete sie gar nicht, sondern blätterte aufgeregt herum. „Hier, lesen Sie. Da ist ein Ritual beschrieben, das zur Wintersonnenwende durchgeführt wurde. Ein Ritual zur Bestattung. Mit dem kleinen Schönheitsfehler, dass der Leichnam noch keiner ist. Will sagen: ein Opferritual zur Besänftigung der Winterdämonen. Aber bei unserer Freundin von dem Porträt ist wohl irgendetwas falsch gelaufen, sonst hätten wir die Mumie nicht in dieser absonderlichen Haltung weit weg vom Opfertisch gefunden."

Henriette erschauderte. „Sie meinen ... lebendig begraben?"

„So scheint es für mich."

„Und was tun wir nun? Ich meine, anders kann ich es wirklich nicht mehr ausdrücken, ich habe einen handfesten Spuk unter meinem Dach und ein Hügelgrab, in dem es nicht mit rechten Dingen zugeht, in meinem Garten. Das finde ich, gelinde gesagt, beunruhigend."

Justus klaubte ein Buch vom Boden auf und legte es auf den Tisch.

„Ein Buch über heidnische Riten?" Henriettes Stimme überschlug sich.

„Genau. Wollen wir mal sehen ..." Wieder begann Justus herumzublättern.

„Justus, was haben Sie im Sinn?"

„Hm?" Verwirrt schaute Justus auf. „Was soll ich schon groß im Sinn haben? Vermutlich wurde vor Urzeiten dieses Ritual gestört, und die arme Seele hat nichts anderes zu tun, als herumzugeistern und darauf zu warten, dass sich jemand erbarmt und sie zum Totenreich", er tippte auf die passende Rune, „führt. Und zwar zur ... Na?" Er wies auf die Rune in der Mitte. „Zur Wintersonnenwende. Also genau jetzt. Und das machen wir."

„Das machen wir?" Henriette konnte ihren Ohren nicht trauen. Der ungeschickte, schüchterne Staubschlucker, und jetzt bereit zu Heldentaten? Sie konnte nicht umhin, beeindruckt zu sein. Er war gebildet, klug, gut aussehend und zudem offenbar sehr abenteuerlustig. Da konnte sie wohl schlecht kneifen. „Das machen wir", sagte sie fest. Und schluckte.

☙

Den Tag über war mit Justus nicht viel anzufangen. Henriette sah ihm zu, wie er in seinen Büchern blätterte, jede Menge Aufzeichnungen machte, Runen nachmalte und hin und wieder seine Brille putzte. Draußen fielen mittlerweile dicke Flocken, und das Hauspersonal war damit beschäftigt, den Salon für die Weihnachtsfeierlichkeiten herzurichten. Sicherlich, so dachte Henriette, war der Küster in der Kirche am Salzmarkt gerade dabei, den prächtigen Weihnachtsbaum zu schmücken. Alles bereitete sich auf das Fest des Friedens und der Nächstenliebe vor. Nur sie hatte ein heidnisches Opferritual vor sich. Henriette schüttelte über sich selbst den Kopf.

„So, ich glaub, ich hätte es so weit." Justus riss sie aus ihren Gedanken.

„Was hätten Sie so weit?"

„Nach allem, was ich weiß und was ich hier noch lese, habe ich alle Elemente für dieses Opferritual beisammen. Nur fehlen mir natürlich die prähistorischen Öllichter, da müssen es eben zeitgenössische Kerzen tun. Unseren Geist sollte das nicht weiter stören."

„Aha. Opferritual. Gut." Warum klang ihre Stimme nur so merkwürdig hoch? Henriette war sich gar nicht mehr so sicher, ob es wirklich so eine gute Idee gewesen war.

„Wenn ich die Sternenkonstellationen richtig in Erinnerung habe, sollte die nächste Nacht richtig sein."

„Was denn nun noch für Sterne?" Henriette konnte nicht mehr folgen.

„Na, die Sterne. Da steht es doch, für das Ritual braucht man eine bestimmte Sternenkonstellation, die nur sehr selten zur Wintersonnenwende auftaucht. Dieses Jahr zum Beispiel. Wenn ich richtig nachgezählt habe. Das würde auch erklären, warum Ihr Geist da oben plötzlich so unruhig ist."

„Sie erzählen das, als sei es das Normalste der Welt …", murmelte Henriette.

„Wie dem auch sei." Justus schien voller Tatendrang. „Es ist schon später Nachmittag, bald geht die Sonne unter. Dann sollte wohl unsere große Stunde gekommen sein."

„Wie reizend." Henriette verbarg ihr Gesicht in den Händen.

⁂

Sonnenuntergang. Zeit, in den Keller zu gehen und das Hügelgrab unter dem Salzmarkt aufzusuchen. Nachdem Henriette den ganzen Tag die Knie geschlottert hatten, war sie nun bemerkenswert ruhig, was sie sich selbst nicht erklären konnte.

Mit stoischer Gelassenheit betrat sie mit Justus den Gang, der in das Hügelgrab führte. Alles schien so, wie sie es vergangene Nacht verlassen hatten. Vergangene Nacht? Es schien ihr, als seien Jahre vergangen, seit sie Justus kennengelernt und die ganze Geschichte ihren Anfang genommen hatte.

Sie standen vor dem Eingang der Grabkammer.

„Bereit?", fragte Justus.

Henriette nickte. Justus bot ihr seinen Arm, und gemeinsam betraten sie die Kammer.

Auch hier, keine Veränderung. Justus packte den mitgebrachten Korb mit seinen Utensilien aus. „Bitte halten Sie das Licht und den Plan." Beides drückte er Henriette in die Hände. Immer wieder einen Blick auf den Plan und auf seine Taschenuhr werfend, hantierte er mit Kerzen und mit Zeichenkohle, richtete die Lichter nach einem merkwürdigen Muster aus, zeichnete Runen und Symbole auf den Boden rings um den Opfertisch. „Mondaufgang", murmelte er, indem er auf seine Taschenuhr blickte. „Es ist so weit."

Er fasste Henriette am Arm und zog sie zur Tür. „Wenn ich es sage, verschwinden Sie. Doch!", zischte er, als sie fast automatisch protestieren wollte.

Er zog ein letztes Buch aus dem Korb, schlug es auf und fuhr mit dem Finger die Reihen fremdartiger Zeichen entlang. Erst ein Murmeln, dann immer klarer kamen die uralten und fremdartigen Laute über seine Lippen. Ein düsterer Singsang erfüllte die Kammer. Dann ein Wispern aus den Ecken, ein Raunen – und schließlich fuhr ein eiskalter Windhauch in die Kammer.

Das Rauschen des Windes wurde immer stärker, die Kerzen flackerten auf, und Justus' Stimme, so vertraut und fremd zugleich, schien anzuschwellen. Ein unheimlicher Klagelaut legte sich in die uralte Grabkammer. Henriette sah sich erschrocken um – wo kam diese Stimme her? Aus dem Augenwinkel nahm sie eine Bewegung war, ihr Blick fuhr zum Leichentuch mit dem Antlitz, das nach wie vor auf dem Opferaltar lag. Grauen erfasste ihre Seele – das Gesicht begann zu leben. Zaghaft erst, als erwache es aus einem unendlich tiefen Schlaf, die leeren Augen schienen nach etwas zu suchen, bis der Blick an Henriette haften blieb. Zaghaft ging Henriette auf den Steinblock zu, nahm ihren Mut zusammen und betrachtete das Leinentuch. Ein Erkennen erhellte das schemenhafte Gesicht, ein leises Lächeln legte sich über die schmalen Lippen.

Ein neuerlicher Klagelaut erfüllte den Raum, gemeinsam mit Justus' Stimme, die sich wieder erhob und mit neuer Inbrunst die alten Worte deklamierte. Plötzlich verlor sich der Blick des Gesichts im Nirgendwo.

Eine Flamme loderte aus dem alten Stoff empor. Entsetzt schrie Henriette auf. Eine Windböe ergriff das Totentuch und trug es fort – direkt auf die Mumie, die zusammengekauert neben der Tür zu warten schien. Der Wind brandete ein letztes Mal auf, die Flamme loderte hoch und die Kerzen bäumten sich gegen seine Macht, während Justus die letzten Worte des Rituals gegen das Brausen rief. Schon sprang eine Flamme auf die Mumie über, die knisternd und knackend in Flammen aufging. Unwillkürlich barg Henriette ihr Gesicht an Justus' Brust und wagte einen Blick aus den Augenwinkeln. Die Mumie drehte ihren Kopf in

Henriettes Richtung. Die leeren Augenhöhlen hefteten ihren Blick auf sie – ein letztes Aufbäumen, dann fiel der uralte Körper in sich zusammen und es blieb nicht mehr als ein Häufchen Asche übrig.

Stille.

☙

Als Henriette zaghaft die Augen öffnete, wurde sie gewahr, dass sie und Justus sich immer noch eng umschlungen hielten, sie mit dem Gesicht an seiner Brust, während er das seine in ihrem zerzausten Haar barg. Vorsichtig sah sie auf – er schien nicht zu beabsichtigen, die Umarmung zu lösen, was ihr merkwürdigerweise gar nicht unrecht war. Da durchzuckte sie ein Gedanke, und sie machte sich frei.

„Kommen Sie", flüsterte sie. „Ich möchte etwas nachschauen."

Und ohne einen Blick zurück zu werfen, verließen sie die Grabkammer.

☙

„Bereit?" Mit klopfendem Herzen stand Henriette vor der Dachkammer, Justus neben sich. Er nickte. Henriette stieß die Tür auf.

Der Mond leuchtete rund und silbern vom klaren Winterhimmel durch das Dachfenster.

Henriette leuchtete in den Raum. Er schien wie immer.

Doch etwas war anders: Kein Staub bedeckte den Boden, keine Fußspuren und keine Runen. Nur die alten Möbel unter den Leintüchern waren zu sehen. Und dort hinten an der Wand … Mit angehaltenem Atem trat Henriette näher an das Porträt heran.

Ein junges Mädchen lächelte ihr freundlich von der Leinwand entgegen. Keine Kratzer entstellten das hübsche Gesicht mit den klaren Augen, die ruhig in eine längst vergangene Zeit blickten.

Vorsichtig und zögernd legte sich Justus' Arm um ihre Schulter. Er zog sie an sich und hielt sie fest umschlossen. „Eigentlich würde ich Sie jetzt gern küssen", sagte er.

„Das wagen Sie nicht!"

„So etwas sollte man niemals zu mir sagen." Darauf konnte Henriette nichts mehr erwidern.

Als sich ihre Lippen voneinander lösten, sah Henriette ihm lange in die Augen. „Das war gar nicht so schlecht", sagte sie mit einem zärtlichen Lächeln. „Daran könnte ich mich gewöhnen." Henriette löste sich von ihm und nahm ihn an der Hand. „Und morgen möchte ich dich meinen Eltern vorstellen. Doch!", fügte sie hinzu, bevor er protestieren konnte.

☙